C'est pour un rendez-vous

Roman

Dépôt légal : juin 2018

Imprimé par Amazon

N° ISBN : 9781983137563

Marie Jousse

C'est pour un rendez-vous

Roman

« Il n'y a pas de peine irrémédiable sauf la mort. »

Colette

« Il y a quelque chose de plus fort que la mort, c'est la présence des absents dans la mémoire des vivants. »

Jean d'Ormesson

J'aurais pu appeler ce livre « Les malheurs de Sophie », mais c'était déjà pris.

A mes parents, évidemment.

A mes sœurs,

1

Papa avait laissé passer Noël pour ne pas gâcher la fête puis quelques jours après, il avait craché le morceau. Je m'en souviens comme si c'était hier, nous étions le 27 décembre 2014. Il nous avait réunies mes sœurs et moi dans le salon. Anna était à côté de lui, tellement près qu'à un moment, j'ai cru qu'elle était assise sur ses genoux. Il se racla un peu la gorge, nous demanda de ne pas l'interrompre et se lança :

— Les filles, j'ai un cancer, un pas bon, un méchant même. Grégoire est assez pessimiste. Alors je ne vais pas passer les derniers mois qui me restent dans un lit.

Je vais profiter pleinement de la vie, celle que j'ai toujours aimée, peut-être un peu trop. Les perfusions et les soins, on va oublier. Je veux du soleil, des arbres, des rires d'enfants. Faites-les crier vos gamins ! C'est ça que je veux, du bruit, de la vie, du désordre, un grand bazar avant mon départ !

Quand il se tut, Jean nous regarda, Agathe, Manon et moi. Il nous sourit tellement fort qu'il en plissa les yeux encore plus que d'habitude. Je vis une larme couler sur la joue de Manon et les pleurs étant aussi contagieux que les rires, Agathe et moi éclatâmes en sanglots. Notre mère était plus blanche que jamais, malgré son éternel blush camel sur les pommettes.

Jean avait soixante-douze ans et en paraissait dix de moins. Grégoire, son ami d'enfance et médecin de la famille, lui avait appris la nouvelle quinze jours plus tôt. Il avait dû être bien emmerdé en recevant ses analyses médicales et avait décidé de la jouer cash face à son meilleur ami depuis l'école primaire. Jean et Grégoire se voyaient davantage autour d'un bon repas ou d'une partie de chasse qu'au cabinet médical. Jean disait souvent en riant qu'il était très rentable pour la sécurité sociale et sa mutuelle tellement il était en forme. Il se moquait parfois de ceux qui avaient toujours mal quelque part : les « tamalou ». Bien que rattrapé par le crabe, Jean avait décidé de ne pas participer au trou de la sécu. Grégoire, par devoir et par amitié, lui avait proposé « une petite chimio » d'un air peu convaincu. Pour Jean, tout était clair, il allait profiter de la vie, de ceux qui l'aimaient et envoyer bouler les emmerdeurs un peu plus vite que d'habitude.

2

Jean et Anna avaient fêté leurs noces d'or quelques années auparavant. Ils faisaient partie de cette génération de couples qui était arrivée précipitamment devant l'autel. Faire croire aux imbéciles et aux mauvaises langues que le bébé allait être conçu pendant la nuit de noces. Pourtant Agathe était bien là, accrochée sous la robe diaphane de la jeune mariée. Ils n'avaient que vingt ans. Jean revenait de son service militaire. Il en avait pris pour vingt-quatre mois à cause de la Guerre d'Algérie. Anna l'avait attendu, lui avait écrit, beaucoup. Elle le « voulait son

Jean » ; elle « l'avait eu » comme elle nous le racontait souvent avec une certaine fierté.

Tous les deux espéraient un garçon pour perpétuer un nom de famille, surtout que Jean n'avait que des sœurs, cinq. Manon vit le jour quatre ans après Agathe, et Sophie, la petite dernière que je suis, boucla cette fratrie de filles commencée treize ans auparavant. Je me suis toujours interrogée sur les neuf années qui me séparaient de Manon. Mais quand Anna et Jean m'avaient répondu par un silence gêné, je n'avais pas insisté.

Quant à notre patronyme, d'Ambrières, c'est bien malgré moi que je parvins à le transmettre. A la naissance de mes jumelles, leur père prit la poudre d'escampette avec son associée. Les deux architectes démolirent l'histoire d'amour en laquelle j'avais fondé tous mes espoirs. En un soupir, le château de cartes s'envola et la reconnaissance de Sasha et Adélaïde d'Ambrières avec.

La naissance des filles ne parut même pas dans le journal local. Un oubli de la chef de service de la maternité qui pensait « bien faire » étant donné les circonstances. Je sortis de la chambre 305 avec l'étiquette de « fille-mère » collée sur le front. Mon architecte ou plutôt celui d'une autre ne donna jamais de nouvelles et ne chercha pas à connaître sa progéniture. J'imaginais qu'il avait semé ailleurs, depuis.

3

Nous étions très « famille » dans notre famille. Agathe et Manon avaient réussi à créer chacune un foyer, mais toutes les fêtes se déroulaient chez Anna et Jean. Nous avions grandi sans être parvenues à reproduire un univers aussi rassurant que celui que nous avions connu. Manon avait trois enfants de trois pères différents et Agathe élevait avec une certaine rigueur des enfants qu'elle n'avait pas portés.

Aucune de nous n'avait fait dans le traditionnel. Alors notre modèle nous rassurait et nous le sollicitions souvent.

C'était peut-être grâce à cela qu'Anna et Jean étaient restés jeunes et alertes.

Lorsqu'elle faisait ses courses, Anna ne marchait pas, elle trottinait. Elle avait une peau diaphane et aimait dire qu'elle ne s'était jamais exposée au soleil après son mariage. Son visage n'avait subi que les brûlures de son enfance, à une époque où tous les enfants avaient bonne mine. L'été, on ne crémait pas. Quant à Jean, il n'avait jamais été malade et refusait de se faire vacciner contre la grippe. Un vaccin pour les vieux !

Il ne pratiquait aucun sport et restait svelte à l'âge où ses amis portaient un petit ventre rebondi sous leur shetland.

Jean et Anna étaient programmés pour vivre longtemps et ensemble, au moins jusqu'à cent dix ans comme disait Sasha qui avait récemment entendu cette statistique de longévité au journal de 20h.

4

Alors que Jean avait élaboré un plan pour les six prochains mois, en secret, j'en élaborais un autre, fou. Aussi fou que j'allais perdre mon père, aussi fou que d'imaginer Anna, minuscule dans sa grande maison, aussi fou que de devoir annoncer à quiconque la mort prochaine de Jean.

Aussi fou que moi.

Je fis de nombreuses recherches sur Internet et sélectionnai les noms des plus grands cancérologues. Mon anglais étant très mauvais, je me contentai des médecins français.

Je me fis passer pour une journaliste biographe et ce genre de médecins ayant l’égo aussi fourni que le compte en banque, j'obtins des rendez-vous avec les plus grands pontes, ceux qui demandaient des chèques à quatre chiffres pour une consultation. Une somme que je n'avais pas, bien évidemment.

5

J'aimais tellement mon père que si je n'avais pas eu Sasha et Adélaïde, j'aurais pu donner ma vie pour lui, pour Anna aussi. Donner ma vie pour qu'elle soit heureuse, encore un peu.

Je me préparais pour mon rendez-vous « médical » : une petite robe courte décolletée V, mes nouvelles santiags et une veste de smoking pour le côté classique. J'avais l'air déguisée, en quoi ? La panoplie ridicule d'une jeune femme désespérée qui ne voulait pas dire au revoir à son père.

J'avais préparé mon discours, tourné les mots dans ma bouche une centaine de fois jusqu'à en faire de la bouillie.

Lorsque la secrétaire médicale prononça mon nom, Sophie d'Ambrières, je me levai brusquement, comme si le temps était compté pour moi aussi. Dans le bureau du célèbre professeur, je récitais mon discours et me voyais le réciter. En suspens dans cette pièce dénudée, j'étais spectatrice de la scène.

— Bonjour Professeur, je m'appelle Sophie, j'ai 37 ans. Je ne suis pas journaliste et je ne suis pas malade non plus. Mon père a un cancer du poumon. Six mois à vivre. C'est dingue ! Hein ? Je vous en supplie, aidez-moi, sauvez-le ! Je sais que vos consultations sont hors de prix, je sais aussi que si le cancer est un gros dégueulasse, le système l'est aussi.

J'ai cru que le professeur Puech allait me mettre à la porte. Mais il n'en fit rien, il m'écoutait parler et regardait la larme qui jouait à l'acrobate sur le bord de mon œil. Il regardait aussi mes jambes, interminables. Alors je continuai :

— Pour le règlement, j'ai tout prévu. Le mode de paiement, c’est moi.

6

Après le père des jumelles, ma vie amoureuse avait été un désastre. Autant au niveau qualitatif que quantitatif. Un amant par an, soit cinq au total. La misère. Une succession de rendez-vous ratés. Des hommes trop jeunes ou trop vieux, qui ne voulaient pas s'engager ou trop vite, des mauvais coups souvent, aussi chauds et rapides que des lapins. Ah… C'est fini là ? Encore plus court qu'une visite de routine chez le gynécologue, le spéculum en moins.

Je songeais parfois à renoncer à l'amour

comme on renonce au chocolat un 26 décembre. Mais l'envie d'être deux, de penser à un homme autant qu'il penserait à moi revenait au grand galop.

Mes amis rencontraient leur amoureux (se) sur Tinder ou Meetic. Ces rencontres virtuelles n'étaient pas pour moi. J'étais une trouillarde et craignais avec ma poisse habituelle de croiser un serial killer dans un bar. Et puis j'aimais trop la gent masculine pour faire un choix comme on feuillette un catalogue de la Redoute. Jeter ou garder un visage d'un coup d'index sur une tablette. J'aimais l'approche avant la rencontre, apprivoiser et être apprivoisée. En amoureuse d'un autre siècle, j'avais besoin de voir et toucher la bête sur pièce avant de connaître le détail de son pedigree sur un profil numérique.

Le professeur Puech serait une sorte de banquier ou de liquidateur, en aucun cas il ne figurerait en sixième place sur ma comptabilité amoureuse. Je serais un chèque, un reçu de carte bleue, du cash, du flouze, de l'oseille. Point.

7

Je me gardai bien de parler de mon projet à Agathe et Manon de peur qu'elles ne m'en dissuadent. Manon avec son franc-parler m'aurait traitée de call-girl ou de prostituée. Quant à Agathe, elle aurait pris un air offusqué en mordant sa lèvre sur le côté.

Cette décision m'appartenait. Offrir mon corps à un médecin de renom, c'était un peu offrir mon corps à la science. De mon vivant.

Le célèbre professeur Puech était marié, tout le monde le savait. On pouvait régulièrement admirer sa femme et sa robe de soirée dans la rubrique « mondanités » de *Paris Match*. Ils formaient un beau couple.

Leur situation matrimoniale ne me posait aucun problème au regard de mon père et de sa destinée. Evidemment, je ne voulais faire de mal à personne et si le contraire venait à se produire, cela serait pour la bonne cause.

Puech resta bouche bée devant ma proposition pitoyable et indécente.

— Je n'ai jamais entendu une telle proposition.
— Oui, c'est normal, c'est la première fois que mon père va mourir.
— Vous êtes malade, complètement malade !
— Je ne suis pas malade. Le malade c'est mon père.
— Je voulais dire, vous êtes dingue, complètement dingue !

Quand je me mis à pleurer à chaudes larmes (ce qui n'était pas prévu dans le scénario), je sus que les noms des autres cancérologues ne me serviraient à rien. Je sus que j'avais gagné, enfin je le croyais.

Le professeur me dévisagea moi et mes joues noircies par le mascara puis me demanda de laisser mes coordonnées à son assistante. Je repartis en reniflant et lus « Professeur Henri Puech, cancérologue » en refermant la porte de son bureau. Le temps d'un fragment de seconde, j'esquissai un sourire en pensant à *Je me présente, je m'appelle Henri*, la chanson de Balavoine. Je pris conscience que je n'avais jamis connu ni même rencontré un *Henri* dans ma vie. Le célèbre cancérologue parisien serait le premier.

8

Henri Puech me téléphona quinze jours plus tard, un lundi matin. Je touillais mon Nespresso les yeux dans le vague lorsque mon téléphone sonna.

— Puech à l'appareil, je vous appelle au sujet de votre proposition.

— Je pris une voix très réveillée, presque un peu trop.

— Bonjour, Professeur, oui, je vous écoute.

— Etes-vous libre la semaine prochaine, vendredi soir, on pourrait se retrouver au bar du Ritz.

Je perdis un peu mon assurance.

— Ok, oui ok, c'est parfait, balbutiais-je.

Et puis il raccrocha.

J'étais terrifiée à l'idée de ce rendez-vous, terrifiée aussi du lieu qu'Henri Puech avait choisi. Comment fallait-il s'habiller pour ce genre d'endroit prestigieux ? Et puis le Ritz était aussi un hôtel. Puech avait-il réservé une chambre pour être réglé de ses honoraires à l'avance ?

Je savais que ma proposition était folle et j'avais bien peur de le devenir, complètement, avant même d'avoir ressuscité Jean.

Je me torturais l'esprit en pensant à la relation physique promise au professeur. J'imaginais son corps trop lourd pour moi, une bouche que je n'aimais pas, un sexe qui m'était inconnu. Je pensais aux positions qu'il me demanderait en échange de ce sauvetage familial. A ce prix-là, il était en droit d'exiger des extravagances. Le Kamasutra n'était pas mon livre de chevet et je n'avais toujours pas élucidé le mystère de la roue mexicaine entendu dans un film de Woody Allen. Qu'avais-je à lui proposer hormis un corps d'éternelle adolescente ?

9

J'avais chaud en montant dans le TGV. Nous étions en janvier et la climatisation du wagon me sauta à la figure comme une bouffée de chaleur à la face d'une femme ménopausée que je n'étais pas.

Dans le métro, des gouttelettes de sueur dégoulinaient sous mon bonnet à pompon, mes mains collaient à la rampe déjà maculée de traces de doigts poisseux.

J'avais choisi au Monoprix un petit ensemble pantalon/veste en drap de laine anthracite, un chemisier en soie crème et un foulard pour « finir » la tenue comme disait Anna. Un ensemble sans prétention qui faisait classe sans être trop sexy. J'avais certes rendez-vous dans un hôtel mais je n'étais pas une pute. Arrivée sous les arcades de la rue Castiglione, je commençai à me liquéfier.

Je reconnus tout de suite le professeur Puech, vêtu d'un manteau beige un peu trop long. Il paraissait stressé, lui aussi, et faisait les cent pas devant les escaliers du Ritz.

— Bonjour Mademoiselle… d'Ambrières, c'est cela ?
— Bonjour, Sophie ça suffira.

Nous montâmes côte à côte les marches de l'hôtel.

Mes jambes devinrent lourdes, chaque marche était un pas de plus vers l'échafaud, un pas de plus aussi vers la guérison de Jean, me dis-je pour me donner du courage.

Après le passage de la porte-tambour et

la traversée du hall qui me parurent durer une éternité, je me retrouvai enfin assise dans un fauteuil moelleux qui me happa toute entière. Le professeur Puech regardait avec bienveillance la jeune femme qui se trouvait devant lui. Avait-il pitié de moi ? A cet instant, j'en étais sûre.

— Sophie, pourquoi moi ?

— Parce qu'il paraît que vous êtes le meilleur. Et puis j'ai lu récemment une étude qui expliquait que les chances de guérison d'un malade étaient beaucoup plus élevées à Paris qu'en province. Au début, ces chiffres m'ont donné la nausée et puis j'ai pensé à Jean et me suis dit que si la vie était injuste à ce point, il méritait de figurer dans les bons pourcentages.

Puech ne nia pas mes propos. Il baissa les yeux comme s'il avait honte de cette médecine à deux vitesses et dont il tenait le premier rôle.

Puis, comme pour le culpabiliser un peu plus, je lançai la question du paiement.

— Pour la facture, on fait comment ?

Le professeur se mit à rire, de plus en plus et de plus en plus fort. En regardant sa bouche s'ouvrir sur un sourire Ultra bright, je réalisai que ma vie pouvait basculer à cause d'un homme assis confortablement dans un grand hôtel parisien. Je ressemblai à Pinocchio devant la baleine et sa gueule grande ouverte. J'allais me faire bouffer !

10

Jean était de plus en plus fatigué. Chaque jour, Anna le regardait, le scrutait, cherchant le moindre nouveau signe de la maladie sur son visage creusé et ses yeux cernés. Pourtant, elle rêvait de le voir un beau matin, sauter dans son jean, le cuisseau musclé et le teint hâlé.

Il était épuisé certes mais il essayait encore de donner le change aux amis qui lui rendaient visite « par hasard » : « On passait devant chez toi ». Mais personne n'était dupe. Le crabe faisait son nid.

11

Je ne voyais que ses dents bien alignées et blanchies au peroxyde d'hydrogène. Puech, je ne le trouvais ni beau, ni laid. Je ne trouvais rien, j'étais perdue dans cet hôtel trop luxueux pour moi. Quand il eut fini de rire, il m'avoua qu'il était venu par curiosité, « pour voir » et il ajouta que je n'étais pas du tout son genre.

Mon père était condamné et moi j'avais envie de mourir sur place. Je me sentais rapetisser à vue d'œil. Devenir une toute petite fille devant cet homme imposant, ce presque monstre.

Puech paya l'addition puis me serra la main, la mienne prise en sandwich entre les siennes. Des mains aussi larges que des battoirs. Chaudes aussi.

Je me dirigeai vers le métro à grandes enjambées et n'entendis pas immédiatement le professeur qui courait derrière moi en m'appelant. Quand je me retournai, je me cognai contre son épaule.

— Pardon Sophie, je vous ai menti.

— Quoi ?

— Il y a un problème.

— Quoi ?

— Vous êtes tout à fait mon genre.

12

Nos corps se touchèrent par mégarde rue de la Paix.
Henri allait perdre sa femme.
J'allais perdre mon père.
Les jeux étaient faits.

13

Henri étudia le dossier médical de Jean et confirma le diagnostic de Grégoire et sa terrible issue.

J'esquissai un sourire comme pour lui pardonner de ne pouvoir faire de miracle. Je ne lui en tiendrais même pas rigueur et continuerais à lui faire l'amour quotidiennement.

A son tour, il me sourit.

Il partageait ma vie depuis presque un mois.

J'étais entrée en contact avec Henri par amour filial, j'étais restée avec lui par amour tout court. Amoureuse d'un homme en qui j'avais mis tous mes espoirs pour sauver mon père, mais qui ne pouvait rien. Rien comme tous les autres pontes que j'avais renoncé à contacter désormais. Parce que j'admirais et j'aimais Henri et aussi parce que c'était le début de la fin.

Je n'aime pas ce mot « désormais ». Il signifie que nous nous sommes résolus à abandonner, résolus à être raisonnables, à ne plus espérer. C'est *plus jamais, nada que dalle, finito, basta, ciao*, qui se cachent derrière ce mot trop poli. Fini de jouer, fini de conjuguer au futur, fini de parler du Noël prochain et de Pâques qui est dans quatre mois. Et en quatre mois, tout est possible quand on est condamné. Condamné comme un repris de justice. Et si Jean se met à fumer une cigarette ou boire un bon petit whisky, qu'est-ce qu'il risque ? Le gniouf ?

Même chanté par Aznavour, « désormais » c'est foutu.

14

Anna avait proposé à Jean de prendre un bol d'air en Bretagne, pour oublier, le temps d'un week-end. Comme si on pouvait oublier qu'on allait mourir ! Il allait y passer, il le savait, tous les jours de la semaine y compris le samedi et le jour du Seigneur.

Pourtant, Jean avait acquiescé avec son humour habituel : « Ça nous fera du bien de ne plus croiser ces têtes d'enterrement. » C'est vrai qu'à Alençon, tout le monde le connaissait et lorsque certains rencontraient Anna, on pouvait presque entendre « mes condoléances » avant l'heure.

C'est à la pointe de Penlan que se sont faites les présentations.

Jean et Anna ne surent jamais dans quelles conditions j'avais rencontré Henri ni comment une grande godiche comme moi avait pu séduire un si bon parti.

Ma proposition indécente n'avait officiellement jamais eu lieu. Henri Puech, le grand cancérologue, était tombé amoureux dans un salon du Ritz. C'était ce qui se racontait dans les couloirs de la clinique.

15

Je n'étais pas avec Henri par intérêt, puisqu'il ne pouvait rien pour Jean. Je restais avec lui car j'aimais son regard sur moi, son inquiétude lorsque j'arrivais avec cinq minutes de retard, sa fébrilité, je crois. Le contraste avec son image d'homme public et reconnu me touchait aussi. C'était ce même homme entre deux âges et aux épaules larges qui me caressait avec une infinie douceur comme s'il avait peur de me casser.

Le plus étrange est qu'Henri était très vite tombé amoureux. Je n'irais pas jusqu'à dire qu'il m'aimait mais il était accro c'est certain. Il s'attachait à la « drôle de fille » que j'étais.

Souvent j'observais Henri pendant son sommeil. Apprendre son visage par cœur pour me le remémorer lorsqu'il était loin de moi. Puis dessiner ce profil aimant les yeux fermés.

Lorsqu'il partait plusieurs jours en congrès, son absence creusait en moi une véritable douleur. Mon ventre devenait vide au bout de vingt-quatre heures sans lui. Je me demandais parfois si cela n'était qu'un test, une sorte de répétition avant le départ de Jean. La vie testait mon endurance à l'absence d'un être aimé.

Et de ce test-là, je me sortais véritablement très mal. C'est les larmes aux yeux que j'accueillais Henri à l'aéroport. Et à chaque fois, il s'étonnait et se moquait de me trouver dans un tel état. Je ne maîtrisais rien, de bonheur ou de chagrin, mon corps pleurait.

16

Henri m'avait prévenue :

— C'est une question de mois, au mieux une année.

Je ne pouvais imaginer le prochain Noël sans Jean. Une multitude de cadeaux, du foie gras, des huîtres et puis l'absence.

Une maison sans mon père, sans musique, sans cris, sans fous rires. Une maison vide de 50 % de mon enfance. Quatre murs, un toit et Anna au milieu. Ma petite Anna que vas-tu devenir dans un an ? Comment survivre sans l'homme de ta vie, sans celui, le seul qui ait connu la beauté de tes vingt ans ?

Je sais que perdre Jean, c'est déjà te perdre un peu. Je devine que tu le suivras sans tarder. Non bien sûr, tu ne feras rien pour cela, tu partiras tout doucement, à petits pas, sans faire de bruit. Un matin tu ne seras plus.

Mourir de chagrin.

17

Nous avions fêté Noël puis le 1er de l'an et Jean était toujours là. J'aimais me moquer des certitudes de mon grand ponte d'amoureux. Il aimait me répondre que lui aussi pouvait se tromper et cela contribuait à la richesse de son métier.

— Je ne travaille pas avec des petites souris de laboratoire. Les hommes nous surprennent bien plus souvent que les rongeurs, ma chérie.

Jean ne prenait aucun traitement. Il était en sursis grâce aux jus de carottes bio d'Anna. Enfin, c'est ce qu'il aimait dire pour donner à la cuisine d'Anna beaucoup plus de vertus qu'elle n'en avait. A l'écouter, ces concoctions étaient en train de lui sauver la vie. La vérité est que Jean était un mystère pour Grégoire et Henri. Un mystère pour la science.

Avec son teint orange, Jean vivait pleinement ses mois de sursis. Il s'était remis à faire du bateau et découvrait le golf avec Grégoire.

— Ah, il faut vraiment que je sois en train de crever pour pratiquer ce sport de gosse de riche ! Pestait-il sur le green. Grégoire tirait le chariot et profitait plus que jamais de la présence de son meilleur ami.

Se refusant d'opter pour la panoplie de golfeur, Jean déambulait sur les parcours en bermuda kaki, pataugas montantes et casquette de pêcheur. Avec son bronzage à la Donald Trump, c'est certain, il ne passait pas inaperçu sur les parcours.

Drôle de père ! Henri commençait à comprendre pourquoi l'expression « drôle de fille » m'allait si bien.

18

Après le Morbihan, Jean et Anna partirent à la montagne, dans les Alpes. Je souriais jaune en pensant à leur parcours touristique, pas à la route de la mort, la route avant la mort. Le voyage avant le dernier voyage. C'était encore à l'initiative d'Anna que les deux amoureux s'étaient retrouvés à Montjoie. Montriste, y avait pas ?

Jean disait oui à toutes les demandes d'Anna ce qui n'avait pas été son genre pendant des décennies. Ce n'était pas bon signe, ça.

Ils avaient refusé d'acheter des bâtons de marcheurs qui donnent un air idiot à quiconque. Ils préféraient marcher à leur rythme, c'est-à-dire doucement et en soufflant beaucoup, la main de Jean se posant régulièrement sur la frêle épaule d'Anna.

Ils se faisaient plaisir en mangeant des tartiflettes et du Champsaur aux myrtilles. Jean n'avait plus peur de rien, pas même de son cholestérol qu'il avait surveillé toute sa vie. La tartiflette en août n'était pas très rafraîchissante, mais Jean avait froid en permanence. « Le crabe me réclame des cachemires », disait-il. Il n'était pas snob, seulement frileux ces derniers temps. En guise de réponse, Anna lui souriait. Elle avait gardé le sourire de sa jeunesse.

Sourire pour ne pas éclater en sanglots.

Sourire quand rire devient indécent.

19

Ils avaient l'air tellement heureux. Plus heureux depuis la maladie. Ce qui est certain, c'est qu'ils s'aimaient, profitaient de la vie et que ça se voyait.

Anna et Jean avaient attendu que l'un soit interpellé par la grande faucheuse pour arrêter de se faire la gueule. Avant l'arrivée de la maladie, cette intruse, Jean et Anna vivaient sous le même toit presque comme des colocataires. Certes ils n'avaient pas coupé les étagères du réfrigérateur ni les factures EDF en deux parts égales. Pourtant, chacun vivait de son côté. Une sorte d'indépendance acquise à la soixantaine. On s'aime mais on ne se le dit plus. On perçoit encore la beauté de l'autre, sa fragrance si familière dans le cou, ce balayage blond sur quelques mèches de cheveux. Seulement, après tant d'années partagées, tout va de soi ou presque.

Le crabe entra dans leur maison comme l'aurait fait une tempête. Avec violence, assurance, et bien décidé à faire beaucoup de dégâts.

En entrant sans frapper, c'est un couple, un duo, un binôme que trouva la maladie en face d'elle. Celle-ci était mauvaise, insidieuse, injuste. Pourtant elle offrit à Jean et Anna une deuxième chance de s'aimer au grand jour. S'aimer au point d'avoir peur pour l'autre. S'aimer au point de n'oser imaginer une vie sans lui. Partir ? S'il le fallait mais, ensemble.

20

Henri avait quinze ans de plus que moi et notre différence d'âge était plus que perceptible. Non pas que j'eusse un air juvénile. Henri faisait plus vieux que son âge. A croire que porter toute la misère du monde sur ses épaules pouvait vous faire vieillir prématurément. Comme moi, les gens croyaient en Henri comme on croit en Jésus. Mon sauveur, mon père et le Saint-Esprit.

Henri ne me parlait pas de son métier, excepté lorsqu'il perdait l'un de ses patients. Au-delà du sentiment d'échec, il s'attachait profondément à eux. Il vivait toujours aussi mal que l'un manque à l'appel à l'une de ses visites de contrôle.

Le serment d'Hippocrate l'empêchait de sympathiser avec un malade. Ni Hippo ni personne ne pouvait l'empêcher d'avoir un cœur.

Lorsque je l'avais aperçu deux ou trois fois dans les pages de *Paris-Match*, j'avais vu Henri comme un homme froid et prétentieux. Je m'étais trompée sur toute la ligne. Aucun homme ne m'avait aussi bien réchauffée que lui. Et puis, il était empathique. A chaque dîner, il prêtait l'oreille aux bobos plus ou moins gros des uns et des autres. Je l'écoutais, l'admirais. Cet homme affable et soucieux de tous, c'était mon homme.

21

Après leur voyage dans les Alpes, Anna et Jean choisirent l'Italie puis la Grèce.

Ils ne s'obligeaient à rien, entraient dans une église, catholique ou orthodoxe, tout ça n'avait plus beaucoup d'importance. Agathe, Manon et moi recevions des MMS avec des légendes aussi drôles qu'improbables « Ma femme et moi », « Ma femme sur le balcon », « Ma femme en bateau ». Les messages de Jean ressemblaient à la série des « Martine », « Ma femme » ayant remplacé le titre de la collection pour enfants.

Nous n'avions jamais entendu Jean appeler Anna ainsi. Comme nous, il l'appelait « maman », même lorsque sa maman à lui était encore vivante.

C'est incroyable comme l'approche de la mort peut vous changer un homme. Cela faisait maintenant deux ans que notre petite Anna était devenue la femme de son mari.

Anna et Jean avaient décidé de ne plus se séparer, de partager pleinement le quotidien qu'ils connaissaient depuis plus de cinquante ans et qu'ils avaient fui comme ils le pouvaient.

Jean avait épousé une femme de vingt ans, extrêmement belle et il découvrait que bien que marquée par les années, les rires et les douleurs, elle l'était toujours autant.

22

A la demande d'Henri, nous emménageâmes dans son appartement. C'était un 200 mètres carré rue de Seine. Je n'avais jamais vécu avec un homme ni croisé ses chaussettes sales ou son dentifrice mal rebouché. Maria, la gouvernante à plein temps, m'évita une fois encore ce genre de rencontres désagréables.

J'avais investi une des trois chambres d'amis ; la suite parentale d'Henri semblant sortie tout droit d'un magazine IDEAT. La perfection ne m'allait pas. Peut-être trop loin de moi ?

Henri me rendait quotidiennement visite dans mon repaire. Parfois, il me trouvait avec mon grand t-shirt blanc et mes chaussettes de laine tirées jusqu’aux genoux. Ces soirs-là, il savait qu'il ne ferait que coller son corps contre le mien et que sa chaleur de gros nounours suffirait à me combler. Henri m'avait très vite apprivoisée, fait de mes habitudes les siennes aussi bien pour les plats culinaires que pour le choix de nos galipettes. Les sushis et la levrette ne seraient que des souvenirs.

23

Agathe, Manon et moi nous nous téléphonions davantage depuis la maladie de Jean. Les conversations étaient toujours les mêmes :

— Alors, tu l'as trouvé comment ?

A chaque fois je répondais :

— Orange !

Juste pour les faire rire. Et cela fonctionnait !

La vérité est que nous avions peur et que chacune protégeait les deux autres par un peu d'humour ou un mensonge. Nous connaissions notre petit manège. Un jeu pour ne pas pleurer trop tôt, pour ne pas nous rappeler notre enfance, pour ne pas penser à demain. Un jeu pour être encore les trois petites filles de notre père.

Ne pas grandir pour ne pas voir mourir ceux qui nous ont élevés.

Les bruits couraient qu'il ne restait que trois places dans le caveau familial. Les deux premières, pour Jean et Anna. Mais la suivante ? Agathe armée de son droit d'aînesse avait déclaré que cette place lui revenait. Manon aimait se chamailler avec elle pour ne pas la lui laisser. Et moi, j'éclatais de rire à chaque fois :

— Et les filles, vous vous rendez compte de votre bêtise ou pas ? C'est la première qui va claquer qui va la gagner la place !

Et à chaque fois, ma réflexion les faisait

taire jusqu'à la prochaine discussion sur le sujet.

Il est vrai que ce caveau était un peu particulier. Il était surmonté d'un mausolée sculpté dans la pierre par notre arrière-grand-père, Mary. C'était le plus beau du cimetière, ce qui expliquait aussi l'attirance d'Agathe. Toutes les tombes autour paraissaient très cheap et rien que cet anglicisme lui donnait de l'urticaire.

J'allais rarement dans ce cimetière mais à chaque fois montaient en moi des interrogations morbides et silencieuses qui me faisaient honte. Je pensais aux corps putréfiés, au nouveau mort qui arrivait tout frais, aux retrouvailles souterraines.

Des images dignes du clip *Thriller* de Michael Jackson. Manon et moi l'avions regardé le jour de sa première diffusion. Je poussais de cris d'effroi, mes yeux regardant les images au travers de mes doigts. Manon n'en perdait pas une miette. Je crois qu'elle jubilait autant à la vue de mon air terrifié que du clip particulièrement novateur pour l'époque.

24

La dernière image que nous reçûmes était de Saint-Pétersbourg. Jean et Anna rêvaient de retourner là-bas et de revoir l'Ermitage sous la neige. Anna aimait croire que son prénom avait été choisi à cause de l'héroïne de Tolstoï. Alors en Russie, elle était un peu comme chez elle. Nous imaginions Jean avec ses pulls à col roulé en triple fil de cachemire et sa chapka noire. Anna portait une toque couleur crème et elle avait le bout du nez tout rouge à cause du froid ou de l'effet d'une gorgée de vodka (certainement l'idée de Jean) bue « à la russe » selon l'expression que nous entendions à chaque réveillon.

Anna était une amoureuse des chats et le dernier message de Jean disait : « Anna devant l'Ermitage et tous ses chats errants ». La photo était belle comme un tableau post-impressionniste. Jean n'était jamais sur les photos. Soit il ne maîtrisait pas les selfies, soit il avait changé… peut-être un peu moins orange ?

25

Manon débarqua chez moi à l'improviste et je compris que ma vie ne serait plus jamais la même.

Elle venait d'apprendre en écoutant la radio dans sa voiture qu'un avion d'Air France avait explosé en plein vol. Nous ne connaissions pas la date de retour de Jean et Anna. Ils voyageaient comme ils ne l'avaient jamais fait, au gré de leurs envies qui au fil des mois étaient devenues de plus en plus communes. Mais Manon était persuadée qu'ils faisaient partie des passagers et comme il n'y avait aucun survivant...

26

Il n'y eut aucun corps à identifier. L'enterrement ressembla à un simulacre tellement les cercueils étaient légers.

Pendant la cérémonie, je me retournai à plusieurs reprises espérant voir arriver par la grande porte en bois Jean et Anna, confus de tout cet embarras. La confusion était dans ma tête, complètement abrutie par les embrassades et les musiques les plus diverses. *Le Requiem en ré mineur* de Mozart côtoyait le *Diego* de Johnny Hallyday. Comme trois filles bien élevées, nous avions respecté les goûts hétéroclites de nos parents. J'étais tellement foudroyée que si *La danse des canards* avait surgi des enceintes, je ne m'en serais même pas rendu compte.

Henri me tenait le bras, en réalité il me portait. Je n'étais qu'une loque avec un organe qui battait à l'intérieur. Pour qui ? Pour quoi ?

Alors que deux ans auparavant, j'avais décidé de me battre pour la survie de Jean, orpheline de mes deux parents, je ne trouvais plus de sens à ma vie. Je n'avais plus personne à sauver.

Sauver ma peau.

27

Agathe, Manon et moi nous nous retrouvâmes pour la première fois dans la maison de notre enfance. Pourtant il n'en restait plus rien, excepté l'odeur. C'est incroyable comme les maisons ont cette faculté du souvenir olfactif.

Une odeur de bougie parfumée, de filet mignon, de châtaignes dans la cheminée, de joue poudrée et de Peter Stuyvesant.

Nous étions comme trois âmes en peine. C'est le cas de le dire.

Si nous avions un jour osé imaginer ce moment, nous pensions aussi qu'Anna serait là. Pour la consoler et pour qu'elle nous console. Pour nous faire sourire des incartades de Jean, nous rappeler nos vacances à la villa Caroline et pour pleurer sur l'absent. Ensemble.

La maison de 300 mètres carrés en paraissait bien plus. Nous passions de pièce en pièce, à la file indienne. La même file indienne de notre enfance, lorsque Anna nous faisait avaler un médicament immonde, un vermifuge crémeux de couleur rose pâle : les deux premières disaient « Hum » et la dernière avouait « Bah, c'est dégoûtant » !

Nous ne cherchions rien ni personne mais nous nous suivions, chacune dans la peur de se retrouver seule dans une pièce.

En vérité, nous étions bien plus que seules, nous étions sans Jean et sans Anna.

28

J'avais pensé un moment quitter Henri pour me sentir encore plus abandonnée que je ne l'étais. Souffrir encore davantage pour justifier mon insupportable douleur. Enfin, il aurait aussi fallu que j'abandonne mes jumelles de sept ans à l'Aide sociale à l'enfance. Bref, il était compliqué de me croire seule au monde. La vérité était qu'en quelques heures, j'étais devenue la fille de personne. Ma filiation demeurait intacte pourtant elle s'était comme évaporée.

En perdant Jean et Anna, je gagnais

une place. Je me retrouvais sur la première ligne. Agathe, Manon et moi formions désormais le trio de tête dans la course au mausolée de pierre.

Le matin en me réveillant, j'aurais aimé l'avoir cette place dans le caveau familial. Mes nuits étaient paisibles et sereines et la sonnerie de mon réveil me rappelait qu'Anna et Jean n'étaient plus.

Appuyer sur le bouton, se rendormir encore un peu, les croire vivants, quelques secondes de plus.

Accordez-moi ce petit mensonge.

29

Il fallut se résoudre à vendre l'hôtel particulier qu'aucune de nous trois n'était capable d'entretenir. Vendre la maison et laisser Jean et Anna mourir une deuxième fois.

Les agents immobiliers à veste moutarde se succédèrent pour évaluer cette maison qu'ils aimaient qualifier de *bourgeoise*.

Notre maison.

J'aurais aimé qu'ils mettent en valeur la salle à manger et ses repas animés de rires et de cris, le salon pour sa cheminée et sa poêle à trous spéciale châtaignes, sa cuisine et son odeur de pain grillé, le bureau d'Anna pour la musique qui en sortait du matin au soir...

Mais aucun d'entre eux n'avait connu Jean et Anna et les souvenirs n'intéressent que ceux qui les ont vécus. Pourtant les nôtres méritaient bien une plus-value supplémentaire. Nos souvenirs et notre chagrin, nous n'avions plus que ça.

800 000 euros. C'était le prix de notre enfance.

30

J'étais de plus en plus chaussettes de laine ces derniers temps. Henri craignait qu'un soir celles-ci se transforment en collant impénétrable.

Ma libido et notre vie sexuelle allaient de pair c'est-à-dire proches de zéro. Le mot « envie » ne faisait plus partie de mon vocabulaire.

J'enviais ceux qui avaient le goût de boire, de manger, de fumer, de faire l'amour.

31

Agathe reçut un appel téléphonique de maître Furet. La maison avait trouvé un acquéreur. Cette annonce fut pour moi un coup de massue supplémentaire. Plus de parents, plus de maison ; je devenais SDF de mon enfance.

Lors de la promesse de vente, je demandai à Henri de m'accompagner. Voyant que cette étape ne faisait que raviver ma peine, il décommanda rapidement tous ses rendez-vous à la clinique.

Agathe et Manon vinrent toutes seules.

Elles étaient décidément plus fortes que moi ces derniers temps.

Nous attendîmes un bon quart d'heure dans la salle d'attente de l'étude, le temps de dévisager deux jeunes couples comme les acheteurs potentiels et malvenus.

Quand maître Furet vînt nous chercher, à ma grande surprise, aucun de ces binômes ne bougea. Manon me chuchota :

— Et en plus ils sont en retard ces connards.

De connards, il n'y eut pas. Nous étions quatre devant le bureau de maître Furet et nous étions au complet.

Henri rachetait la maison de mon enfance. Il n'avait pas sauvé Jean mais il sauvait tous mes souvenirs de lui et d'Anna.

Grâce à Henri, nous ne vécûmes pas la scène d'horreur qui hantait mes nuits : signer une promesse de vente avec un jeune couple heureux et parent d'une marmaille de blondinets. L'homme souriant posant la main sur la cuisse collantée de sa femme en pleine gestation d'un petit cinquième.

A la fin du rendez-vous, ils se seraient embrassés, c'est certain.

32

Nous décidâmes de ne rien bouger dans la maison, pas même les vêtements qui restèrent dans les armoires. Je plaçais méticuleusement des sachets antimites comme le faisait Anna. Aucune de nous n'eut le courage de s'approprier un vêtement ni même un foulard encore empreint de son parfum.

Les chapeaux de Jean se battaient pour une place sur le portemanteau de l'entrée. Ses bottes de caoutchouc restaient droites et alignées au pied du miroir.

Le décor et l'odeur de notre maison étaient immuables. Le grand absent dans cette histoire c'était le son. Radio classique, Paolo Conte, la voix rieuse d'Anna et celle de Jean, posée en toute circonstance.

Silence, on ne tourne plus.

Chaque jour qui passait, les voix de mes parents devenaient de plus en plus lointaines. Je tenais une intonation de Jean et le lendemain, elle s'était envolée. Le rire d'Anna était-il aussi extravagant que celui qui résonnait dans mes tempes ?

Tout mon esprit se concentrait pour les entendre. Pourtant, je savais qu'un jour, et malgré mes efforts, je n'entendrais plus rien.

33

Je notais sur un petit carnet les jours où Henri et moi faisions l'amour. Il fallait que je compte pour ne pas trop le délaisser. Trois fois par mois me semblaient raisonnable dans l'état où j'étais. Et puis c'était je crois, aux alentours de la moyenne nationale.

Etre dans la norme, toujours, malgré ce vide intersidéral. Je ne pouvais plus conjuguer Jean et Anna au présent ni au futur. Passé composé, passé simple et imparfait.

Décomposée.

Ma vie n'avait plus rien de simple. Je parlais de mes parents aux jumelles comme s'ils étaient de véritables dieux. Je leur racontais leur vie avant leur naissance. Tous les souvenirs remontent à la mémoire quand on n'a plus que ça. Je rejouais les dialogues de nos conversations auxquelles elles n'avaient pas assisté. Chaque jour, je retrouvais une expression préférée d'Anna ou un bon mot de Jean. Ma mémoire était en ébullition depuis leur départ. Connerie d'euphémisme. Ils n'étaient pas partis à la gare prendre le train.

Morts, morts, morts. Rentre bien ce mot dans ta tête, pauvre petite orpheline.

34

Henri était le seul propriétaire mais un accord tacite autorisait chacune de nous à occuper la maison pour une soirée, un week-end ou même des vacances. Enfin c'était vite dit, il fallait avoir la force de rentrer dans la maison vide, de faire un feu de cheminée et de mettre la musique à fond. Sinon, il y avait de quoi se pendre.

Manon, Agathe et moi décidâmes de passer le réveillon du 31 là-bas. Je ne sais pas qui avait lancé cette idée saugrenue. Manon, je crois. Les enfants et les maris avaient suivi le mouvement.

Notre inconscient ou notre fidélité filiale nous jouant des tours, nous avions réitéré le menu habituel d'Anna. Nous n'aurions pas été plus surpris de la voir s'asseoir à notre table tellement elle était présente. Avec du recul, je crois qu'ils étaient là, nos deux fantômes d'amoureux.

Nous avions opté pour un repas au champagne, les enfants s'étaient endormis par terre, recouverts par mes soins de plaids en fourrure synthétique.

Pour une fois, nous étions gais.

Pompettes.

35

Adélaïde et Sasha n'aimaient pas aller dans la maison d'Anna et Jean depuis qu'elle était vide. Sasha regrettait de n'avoir jamais réussi à dire à son grand-père qu'elle l'aimait. Quelques mois avant sa mort, elle m'avait confié :

— Quand j'étais en maternelle, je ne voulais pas lui faire de bisous. Aujourd'hui je lui fais des câlins. Alors à ce rythme-là, quand j'arriverai à lui dire que je l'aime, il sera mort !

Tu ne croyais pas si bien dire ma chérie. Si tu savais, ma petite Sasha, moi je n'en étais même pas au stade des câlins quand Jean est mort. A croire qu'il était moins avare de marques d'affection avec ses petits-enfants qu'avec ses filles. Pourquoi c'est si difficile entre un père et une fille de se dire qu'on s'aime ? Est-ce un concours à qui sera le plus pudique ? A ce jeu-là, Jean et moi avions gagné la première place. Ex æquo.

J'ai alors proposé à Sasha qui savait tout juste écrire, de faire une belle lettre qu'on déposerait sur la tombe de son grand-père.

La si jolie tombe où dorment deux cercueils vides.

Si j'avais voulu me rapprocher de la vérité, il aurait fallu que je déchire la lettre de Sasha en tout petits morceaux et que je la lance dans le ciel.

36

Henri, les enfants et moi avons reconstitué un semblant de famille. Le cercle se rétrécit alors on se serre les coudes. A la mort de Jean et Anna, les filles se sont rapprochées d'Henri. Elles avaient besoin de lui. Toutes les trois nous avions besoin de lui. Adélaïde et Sasha ont sérieusement commencé la décoration de leur chambre dans ce grand appartement devenu le nôtre. Punaiser des posters de stars boutonneuses sur les murs pour dire « C'est chez nous ». C'est ici que les jumelles vont se créer leurs nouveaux souvenirs d'enfance. Je les envie d'être des enfants dans la maison de leur enfance. Je ne suis et je n'ai plus rien de tout cela. Pourtant je dois être forte. Devenir un pilier. Devenir aussi rassurante que les larges épaules d'Henri. Redevenir la maman que j'étais, celle qu'enviaient toutes les copines d'Adélaïde et de Sasha. Parce que j'étais souriante, chaleureuse et pleine d'humour avant le drame.

Me retrouver pour aimer ceux que j'aime comme ils le méritent.

Me retrouver pour aimer les vivants.

37

Le docteur Porré m'avait dit que je n'avais aucune chance de tomber enceinte. La ménopause creusait son sillon. Il avait employé le terme de pré ménopause. « Pré », cela veut dire le stade avant les bouffées de chaleur et la taille qui s'élargit. Pourtant aujourd'hui je crois bien que ma taille est sur le point de devenir extra- large. Je n'ai plus mes règles depuis deux semaines. J'ai d'abord mis cela sur le compte de cette fameuse pré ménopause qui ne respecte plus rien, pas même un calendrier. Puis la petite barre bleue du test urinaire me révéla bien autre chose.

Je porte la vie, je suis en vie. Ma première pensée est pour Anna qui me manque plus que jamais. Étrangement c'est à elle que j'ai envie de téléphoner. Je pleure, assise sur la cuvette des toilettes, un stylo cotonneux et pisseux à la main. Je sanglote en pensant simultanément à la vie et à la mort.

Si tout va bien, dans moins de 9 mois, je donnerai naissance à un petit être. Date prévue de l'accouchement : 1er février.

C'était aussi un 1er février que Manon m'avait annoncé le crash du Saint-Pétersbourg/Paris.

38

J'avais peur d'annoncer ma grossesse à Henri. Peur qu'il ne se trouve trop âgé pour devenir père. Peur d'entendre :

— Mais je serai un vieillard quand ce petit passera le Bac !

J'appréhendais aussi l'annonce à Agathe et Manon. N'était-ce pas indécent d'annoncer que je portais la vie alors que nous venions de perdre nos parents ?

Finalement je n'eus pas le courage de parler à Henri. Je craignais qu'il me demande d'avorter. Ôter la vie alors que tant de morts me hantaient aurait été insupportable.

A force de venir me rendre visite dans mon lit les jours sans chaussettes de laine, Henri remarqua que mes seins prenaient une place inhabituelle dans ses mains. Puis, ses caresses répétées sur mon ventre mirent fin à ses interrogations. Je perçus un sourire naissant dans la pénombre de la chambre et je sus alors qu'il deviendrait un vieux père.

39

Comme je l'avais prédit, Agathe et Manon eurent du mal à digérer la bonne nouvelle. C'était comme si en devenant de nouveau mère je quittais la bande des trois orphelines. La situation pouvait en effet paraître antinomique. Pourtant, la vie, qui me jouait depuis plusieurs années de drôles de tours et d'autres moins, avait décidé qu'une péridurale me chatouillerait les reins la veille de la Chandeleur.

Sasha et Adélaïde étaient aux anges. Elles avaient décrété qu'elles choisiraient le prénom du bébé. Je n'eus pas le courage de leur refuser cette initiative et priais pour que mon enfant ne se prénomme ni Adolphe ni Casimir. Il faut dire que j'étais certaine de porter un garçon.

Quant à Henri, ma maternité lui donnait une forme de légèreté que je ne lui connaissais pas. Je crois même que la venue prochaine du bébé l'aidait à supporter la maladie et la mort qu'il côtoyait trop souvent.

Aucune odeur d'hôpital dans notre cocon. Henri aurait pu monter les trois étages les yeux fermés rien qu'en suivant l'odeur de crêpes ou de fondant au chocolat.

En rentrant à l'appartement, il retrouvait les filles qui chantaient ou dansaient dans le couloir et moi et mes seins devenus lourds… Le bonheur.

40

En amoureux, Henri me trouvait complètement à son goût avec mes quelques kilos en trop. En médecin qu'il était, il pensait que ma prise de poids était un peu excessive et me conseillait de freiner sur les Dragibus et les Fingers.

Un soir où nous étions tous les quatre dans le canapé à regarder le dernier Lelouch, Henri me dit :

— Ça serait marrant si tu attendais des jumeaux ?

D'effroi, ma main sortit immédiatement du bol de chips.

— Marrant, je ne sais pas si c'est le terme juste. Et puis, j'imagine qu'il est très rare d'accoucher par deux fois de jumeaux non ?

— Rare, mais pas impossible répliqua le futur père de surcroît médecin.

Je n'en dormis pas de la nuit et avançai de quelques jours le rendez-vous de ma première échographie. Je décidai d'y aller seule, comme une grande.

En regardant la tête du radiologue, j'eus très peur d'une malformation ou d'une découverte morbide. Puis avec un sourire un peu benêt, il m'annonça :

— Elle va être doublement contente la maman... Il y en a deux, chacun sa poche !

Le docteur Bertrand m'annonça la nouvelle comme un boucher qui vous dit :

— Ça fait 100 grammes de plus, je vous le laisse quand même ?

Mon cœur s'accéléra brusquement et je ne pus m'empêcher de penser à Jean et Anna qui m'envoyaient un signe.

Deux petits têtards faisaient trempette dans mon ventre.

Je n'avais jamais cru en la réincarnation… jamais.

41

Je devais me ménager. Si Henri était un vieux père, j'étais moi aussi considérée comme plus toute jeune pour devenir maman. La médecine s'inquiétait de ma grossesse gémellaire à 39 ans mais se préoccupait peu de ma santé psychique.

Je n'étais pas ce qu'on appelle sereine. Serais-je à la hauteur pour aimer ces deux bébés alors que l'amour de ma propre mère me manquait terriblement ? Et mes loupiots, mes petites éponges à émotions, que feraient-ils du manque ressenti par leur génitrice ?

Mon cerveau ressemblait à un puzzle de 1000 pièces, de ceux qu'on n'arrête avant la fin, par découragement ou à cause du chat qui s'endort régulièrement dessus en faisant négligemment tomber un ou deux morceaux à chaque étirement de pattes.

Dans ma tête, il y avait parfois plusieurs puzzles et autant de félins, ce qui ne me facilitait pas la tâche.

42

Emma et Pierre virent le jour le 15 décembre. Péniblement, j'avais tenu jusque là, portée par « mon médecin à domicile préféré » et par Agathe et Manon qui me rendaient visite tous les jours, à tour de rôle. Finalement, elles s'étaient faites à l'idée de ma grossesse, des bébés et de la vie qui prenait le dessus. Je crois que ces deux petites crevettes avaient mis un peu de piment dans leur existence. J'aurais besoin de mes sœurs, elles auraient besoin de moi. Les comptes seraient bons.

Évidemment, nous trouvâmes toutes les trois qu'Emma avait une ressemblance frappante avec Anna et Pierre avec Jean.

— C'est incroyable ! » Répétait en boucle Manon.

Henri ne pipait mot, nous étions trois contre un. Il n'essayait même pas de lutter contre ce parti pris génétique. Il m'aimait et avait une affection profonde pour mes sœurs et notre famille amputée.

43

C'est à la sortie de la clinique que Jean et Anna me manquèrent encore plus que d'habitude. Ils auraient dû être là pour mon retour à la maison. Ils seraient montés à Paris pour deux ou trois semaines le temps que je prenne mes marques avec les deux paires de jumeaux. Anna m'aurait aidée à faire les nuits. Elle aurait mis un babyphone près de son lit et Jean aurait grogné un peu. Et puis j'aurais vu Anna apparaître dans le couloir, pieds nus et vêtue de son pyjama blanc. Les cheveux blond gris libérés de leur éternelle natte. Aussi chic la nuit que le jour. Elle aurait eu un petit air fatigué vite oublié en découvrant les billes grandes ouvertes des nouveau-nés.

Je l'aurais embrassée pour la remercier d'être là. Et elle aurait répondu à voix basse :

— Mais me remercier de quoi ?

Et je lui aurais souri comme je souris dans le vide en parlant d'elle et de sa générosité de mère qui allait de soi.

J'ai tellement envie de hurler : Maman, maman...

Et puis pleurer dans ses bras.

44

Henri se levait la nuit en même temps que moi pour nourrir Emma et Pierre. Il aurait certainement préféré que j'allaite les jumeaux ; un sur chaque sein et le tour aurait été joué. Mais je m'en sentais bien incapable alors, à défaut de tétons, les bébés tiraient toutes les trois heures sur des tétines de caoutchouc.

Adélaïde faisait régulièrement sonner son réveil en pleine nuit pour tenter de participer à cette becquée nocturne. Mais Henri la raccompagnait directement dans son lit, elle et son « Lapin de la Montagne ».

Naturellement, nous choisîmes Manon et Agathe pour le rôle des marraines. Les deux meilleurs amis d'Henri seraient les parrains.

Officiellement des rôles de substituts parentaux au cas où il arriverait malheur. C'est une phrase que j'avais souvent entendue lorsque j'étais petite.

Ras le bol de la faucheuse, va voir ailleurs si j'y suis.

45

Je ne mis que deux mois à retrouver un corps de femme, de potentielle séductrice et non de mère au ventre flasque. Je mangeais peu par manque de temps et courais toute la journée dans notre appartement immense. De la chambre d'Emma et Pierre à la salle de bain, de la cuisine à la chambre. Parfois mes yeux se fermaient alors que je me brossais les dents. Je prenais ma douche la porte ouverte de peur de manquer un son, un bruit, émis par une mini-bouche, une larme sortie d'une minuscule glande lacrymale. J'étais à l'affût, semblable à la mère de Bambi qui craignait pour son petit. Nous n'étions pourtant pas au milieu de la forêt mais en plein Saint-Germain-des-Prés. C'était peut-être pire... Qu'allais-je offrir à mes enfants, quelle terre leur laisserais-je ? J'aurais aimé pouvoir les protéger, les couver jusqu'à un âge inconvenant.

Rester toute ma vie une poule entourée de ses poussins.

46

Ce n'est qu'à Pâques que nous nous retrouvâmes dans la maison de nos parents. Pour cela, nous avions trouvé un prétexte joyeux, une chasse aux œufs dans le parc aux multiples cachettes. Les hortensias, les roses et les dahlias sentaient le chocolat. Henri et moi portions chacun un bébé dans un porte-kangourou. Sasha et Adélaïde couraient avec leurs cousins dans les allées. Les paniers d'osier valsaient et se remplissaient.

Évidemment, à cet instant c'est aux Pâques d'une autre époque auxquelles nous pensions mes sœurs et moi. Celles où nous étions enfants, celles où Anna et Jean étaient jeunes et beaux. Terriblement vivants.

Jean avait l'habitude de faire carillonner une clochette de table derrière son dos, avec plus ou moins de discrétion. Nous avions ordre de lever la tête pour surveiller les fameuses cloches qui sonnaient. Puis le feu vert était donné pour courir comme des dératées dans les quatre coins du jardin.

Nous remplissions ces mêmes paniers et laissions régulièrement à l'abandon quelques lapins et œufs pralinés. Anna les cachait parfois trop bien et surtout elle ne savait plus exactement où.

La génération suivante en laisserait aussi, écœurée par cette profusion qui fondait sous ses petits doigts tièdes.

J'avais été chargée des achats chez le meilleur chocolatier, comme disait Anna. Mais depuis son départ, j'avais un peu perdu le sens des proportions. Nous étions une famille nombreuse, pas une colonie de vacances.

J'avais perdu le sens de beaucoup de choses, j'avais perdu tellement.

47

A force de chercher des friandises dans tous les recoins, Gabriel, le fils de Manon, nous rapporta une enveloppe qu'il avait trouvée dans la boîte aux lettres du grand portail. Elle datait du mois dernier. Je ne faisais plus suivre le courrier. Nos parents étaient morts et tout le monde le savait.

C'était une écriture manuscrite, assez studieuse, genre stagiaire qui cherche une entreprise d'accueil. L'enveloppe passa de la main de Manon à celle d'Agathe qui s'en empara comme si elle lui était spécialement destinée. Elle la déchira nerveusement puis son visage se ferma. Elle ne dit rien. Manon et moi nous approchâmes pour lire par-dessus son épaule. La lettre était courte, mais bien tournée. En quelques mots nous comprîmes que nous étions quatre sœurs.

Une autre que nous pleurait Jean.

J'enviais cette femme qui ne pleurait que son père.

48

Nous n'eûmes aucun doute sur la sincérité et les propos d'Éléonore. À croire que nous savions avant de savoir.

Le week-end suivant, nous fîmes la connaissance d'une jolie femme aux boucles brunes. Elle ressemblait à Manon, le même sourire. Elle avait les yeux bleus et rieurs de Jean. Un test de paternité aurait été inutile et malvenu. Éléonore cherchait dans la maison des souvenirs qu'elle n'avait pas vécus, des informations sur un homme qui ne l'avait pas reconnue. Un point commun avec mes filles.

C'est peut-être cela qui me touchait chez elle. Elle pleurait un fantôme, l'espoir d'une vie normale. Être la fille de quelqu'un, être l'enfant de deux êtres qui s'étaient officiellement aimés.

Sa mère avait rompu avec Jean alors qu'elle venait de découvrir sa grossesse et puis les années étaient passées. Par maladresse ou par pudeur, elle n'avait jamais parlé de Jean à Éléonore. Excepté lorsqu'elle avait appris pour le crash. Le même jour, Éléonore apprit l'identité de son père et sa disparition. C'était énorme. C'était trop tard. Elle avait grandi avec l'absence. L'absence comme tuteur de la belle plante qu'elle était devenue.

Éléonore avait quarante-quatre ans, elle se situait à mi-chemin entre Manon et moi. Elle était avocate spécialiste en droit de la famille. Le comble !

Après la colère et le chagrin, Éléonore

eut besoin de se retrouver, de nous retrouver.

Nous pleurions sur nos souvenirs, notre nouvelle sœur pleurait sur ceux qu'elle n'avait pas.

Éléonore était une enfant naturelle, le chiffre de quatre sœurs ne l'était pas encore pour moi. Mais je m'habituerais avec le temps, une promesse post-mortem faite à mon père.

Quatre filles, comme « Les quatre filles du docteur March » que nous regardions avec Anna à la télé le soir de Noël. Et cette petite fille, que faisait-elle pendant ces soirs de fête ? Je craignais que ses veillées ne fussent pas aussi joyeuses que les nôtres.

La honte m'envahissait. J'avais besoin de réparer. Réparer le passé.

Jean et Sarah s'étaient aimés passionnément pendant sept années avant que Sarah ne quitte notre père, brusquement. Il n'aurait jamais abandonné Sarah. Il aurait aimé Éléonore.

Il avait dû être malheureux sans pour autant chercher à se battre. Il faut dire que Jean n'avait jamais cessé d'aimer Anna. Alors il l'aima encore.

49

Finalement, Anna et Jean ne formaient pas une famille aussi classique que nous le pensions.

50

C'était la première fois que nous allions dormir sur place. Nous avions installé les enfants dans le dortoir qui contenait une dizaine de lits. Chacun emmitouflé dans un sac de couchage. Les plus jeunes étaient surexcités par cette ambiance de camping de luxe. Éléonore accepta l'invitation. Agathe lui prépara la chambre d'amis, accolée à celle des enfants.

Manon avec son humour habituel me chuchota :

— Il y a encore de la place pour deux ou trois

Éléonore !

Henri et moi choisîmes la chambre jaune, la plus grande, celle qui pouvait contenir un petit lit à barreaux de chaque côté du grand lit. Il restait la chambre verte et la bleue pour les deux autres couples.

Plus personne n'occuperait celle de Jean et Anna. La chambre mauve était celle du deuil, des larmes, de notre gorge serrée. L'absence, le manque, la douleur qui tambourine dans ma poitrine.

Plus aucun souffle derrière cette porte, plus de cœur qui bat, plus de réveil qui sonne, plus de Bach ni de Mozart.

51

A sept heures, je fus surprise par un interstice de lumière qui encadrait la porte mauve. Je pensai qu'Anna était déjà debout, toujours aussi matinale.

Plus d'Anna, plus de Jean, aucune de nous n'avait pensé à fermer leurs volets la veille au soir.

Ce n'était que la lumière du jour, le soleil et sa chaleur.

La vie.

REMERCIEMENTS

Merci à Frédérique Hoy, ma « sœur jumelle ».

Merci à mes tout premiers lecteurs pour leur regard bienveillant sur mon texte.

Merci à vous qui me lisez et me faites confiance…Vous avez aimé mon roman, pensez à laisser un petit commentaire sur Amazon.

Dépôt légal : juin 2018

Imprimé par Amazon

N° ISBN : 9781983137563

Printed by Amazon Italia Logistica S.r.l.
Torrazza Piemonte (TO), Italy

13166215R00087